VENTE

POUR CAUSE DE DÉPART

DE

***MADAME DE BINVILLE***

# Élégant Mobilier

Me F. LAIR-DUBREUIL
COMMISSAIRE-PRISEUR

CATALOGUE

D'UN

# ÉLÉGANT MOBILIER

Salle à manger en noyer sculpté de style Renaissance
Chambre à coucher en bois laqué de style Louis XVI
Secrétaires, Commodes, Vitrines, Bureaux
Toilette, Tables, Armoires, Consoles et Paravents
en marqueterie de bois ornés de bronzes
Bois doré et bois laqué, Glaces

PIANO CRAPAUD EN PALISSANDRE DE PLEYEL

AMEUBLEMENTS DE SALONS ET DE BOUDOIR

en bois sculpté, bois doré et bois laqué, garnis en soie et en velours

## BRONZES D'ART & D'AMEUBLEMENT, MARBRES

TABLEAUX, PASTEL, GRAVURES

Porcelaines, Faïences, Objets de Vitrine

## BELLE ARGENTERIE

RIDEAUX — TENTURES — TAPIS D'ORIENT, ETC.

*Dont la Vente aux Enchères publiques aura lieu*

POUR CAUSE DE DÉPART DE MADAME DE BINVILLE

HOTEL DROUOT, SALLE N° 1

LES VENDREDI 5 ET SAMEDI 6 MAI 1911

A DEUX HEURES

COMMISSAIRE-PRISEUR

Me F. LAIR-DUBREUIL, 6, rue Favart

EXPOSITION PUBLIQUE

Le Jeudi 4 Mai 1911, de 1 heure et demie à 6 heures

## CONDITIONS DE LA VENTE

Elle sera faite *au comptant.*

Les adjudicataires paieront *dix pour cent* en sus des enchères.

L'exposition mettant le public à même de se rendre compte de la nature et de l'état des objets, il ne sera admis aucune réclamation une fois l'adjudication prononcée.

Paris. — Imp. de l'Art. Ch. Berger, 41, rue de la Victoire

# DÉSIGNATION

## TABLEAUX

### PASTEL, GRAVURES

1 — BAUDOUIN (d'après). Le Matin. — Le Soir.
Deux gravures.

2 — BAUDOUIN (d'après). L'Enlèvement nocturne.
Gravure.

3 — BAUDOUIN (d'après). Le Coucher de la mariée.

4 — BOILLY (d'après). Quatre gravures en noir.

5 — DESCOURTIS (d'après SCHALL). L'Amant surpris.
Gravure en couleur.

6 — ÉCOLE ANGLAISE. Portraits de femmes.
Deux gravures.
Cadres bois sculpté, peint et doré, de style Louis XVI.

7 — ÉCOLE MODERNE. Paysages.
Deux gouaches.
Cadres sculptés, dorés.

8 — Fragonard (d'après H.). Le Verre d'eau. — Le Pot au lait.

Deux gravures.

9 — Fragonard (d'après H.) La Fontaine d'Amour. — Le Songe d'Amour.

Deux gravures en couleurs.

10 — Greuze (d'après J.-B.). Jeune fille couronnée par l'amour.

Gravure.

11 — Greuze (d'après). La Cruche cassée.

Pastel.

12 — Herbo (Jean). Salomé.

13 — Herbo (Jean). La Marchande de fleurs.

14 — Lavreince (d'après). Le Billet doux.

Gravure.

15 — Levacher (d'après Carle Vernet). Tombera-t-il, tombera-t-il pas ? — Le Sauteur en liberté.

Deux gravures en couleur.

16 — Mariage (d'après Bertin). La Naissance de Bacchus. — Bacchus et Ariane.

Deux gravures.

17 — Vernet (Carle). Scènes de chasses.

Quatre gravures en couleurs.

# OBJETS DE VITRINE

## OBJETS VARIÉS

18 — Miniature ronde : Portrait de jeune femme décolletée. Cadre en bois sculpté doré.

19 — Miniature ovale : Portrait de femme Louis XVI, coiffée d'un chapeau garni de roses. Cadre en bois sculpté doré.

20 — Petit émail de forme ronde à figure de femme, d'après HENNER. Cadre formant plateau en bronze doré.

21 — Émail sur cuivre « Les Glaneuses », d'après MILLET. Cadre en bronze.

22 — Très petite pendule de style Louis XV en bronze et plaques d'émail.

23 — Petite boîte cubique en argent, parties émaillées. Petit étui en porcelaine décorée ; monture argent.

24 — Boîte plate en argent ciselé et doré, couvercle émaillé.

25 — Flacon en cristal gravé; monture en argent ciselé.

26 — Petit cachet, formé d'un buste de femme, en ivoire, gainé d'argent.

27 — Broche en or ciselé à figure d'Egyptienne, parties émaillées, ornée d'un scarabée en pendentif.

28 — Petit ameublement de salon et petit piano à queue en bronze formant coffrets.

29 — Deux statuettes de femmes en bois sculpté et ivoire.

30 — Paire de vases porte-bouquets en émail, décor de Merveilleuse et d'Incroyable.

31 — Éventail en ivoire, feuille gouachée et décorée de paillettes. Époque Louis XVI.

32 — Éventail en ivoire sculpté Louis XV, feuille peinte à sujet champêtre.

33 — Coupe en cristal, ornée de deux têtes de chevaux en bronze ciselé.

34 — Coupe en onyx, forme puits, ornée sur sa margelle d'une statuette de femme en bronze et ivoire.

35 — Petite chaise à porteurs, toute garnie en soie et glaces biseautées, avec ses deux porteurs.

36 — Coupe ovale en porcelaine bleue; piédouche, anses et couvercle en cuivre, décorée de médaillons à sujets militaires et de fleurs découpées en émail sur cuivre.

# PORCELAINES, FAIENCES

## VERRES

37 — Vase porte-bouquet à long col en cristal.

38 — Vase à long col en verre émaillé.

39 — Jardinière en porcelaine, à semis de roses; monture à jour en bronze ciselé et doré.

40 — Petit groupe de deux chiens en porcelaine de Copenhague.

41 — Deux chiens en porcelaine de Copenhague.

42 — Encrier en porcelaine décorée. Style Louis XV.

43 — Canapé en porcelaine décorée.

44 — Quatre boites ou coffrets en porcelaine décorée.

45 — Quatre coffrets en porcelaine, à décors variés.

46 — Bol et son présentoir, tasse et soucoupe en porcelaine de Chine ; et petit arrosoir en porcelaine d'Allemagne.

47 — Etui, en forme d'œuf, et buste de femme en porcelaine décorée.

48 — Petit groupe en porcelaine de Saxe : l'Autel de l'Amour.

49 — Statuette en porcelaine de Saxe : Jeune femme emplissant un baril.

50 — Petite statuette en porcelaine de Saxe : Guenon chantant.

51 — Tasse et soucoupe en porcelaine de Saxe-Marcolini, décorées en grisaille d'un sujet : l'Enfant retrouvé.

52 — Petite tasse et sa soucoupe en porcelaine de Vienne fond lilas, décorée d'un buste de femme.

53 — Paire de vases-cornets en Wedgwood ; monture en métal anglais.

54 — Grand vase en faïence, à décor oriental.

55 — Deux plats en porcelaine du Japon.

56 — Deux plats en porcelaine de Chine.

57 — Six assiettes en porcelaine de Chine et du Japon.

58 — Potiche et jardinière en porcelaine décorée.

59 — Tête-à-tête en porcelaine décorée, modèle Louis XV.

60 — Coffret en biscuit ; monture en bronze ciselé.

61 — Brûle-parfum en Satzuma, décor à personnages.

62 — Soupière et son couvercle en faïence décorée, de *Gallé à Nancy*.

63 — Vase couvert et verseuse en porcelaine décorée de fleurs et de sujets à personnages.

64 — Pot à eau et son bassin en ancienne porcelaine de Sèvres, décor de rinceaux et ornements variés en camaïeu et or.

65 — Grand groupe en biscuit : Jeunes femmes et Amours.

66 — Groupe en biscuit : Faune et Bacchante.

67 — Groupe en biscuit : la Toilette de Vénus.

68 — Groupe en biscuit : Jupiter et Léda. Socle en marbre vert.

69 — Groupe en biscuit : les Grâces couronnant la jeunesse.

70 — Paire de grandes potiches octogonales en porcelaine du Japon, décor polychrome.

71 — Vasque-jardinière en porcelaine de Chine, à personnages et cavaliers en polychrome sur fond blanc.

72 — Vasque-jardinière en porcelaine de Chine fond jaune, décorée de fleurs et d'un lambrequin fond bleu turquoise.

73 — Vasque-jardinière plus petite en porcelaine de Chine, fond jaune, décors de dragons et fleurs.

74 — Grande vasque-jardinière en porcelaine de Chine décorée en bleu, sur son support en bois de fer sculpté, à dessus de marbre.

## ARGENTERIE

75 — Deux petits vases-jardinières en métal argenté uni.

76 — Encrier en cristal, couvercle à figure de hibou en argent.

77 — Essuie-plumes en argent.

78 — Pendulette de chevet en argent, bordure à perlé.

79 — Petit vase en verre décoré de Daum, sur piédouche en argent.

80 — Pendulette de table, en argent ciselé émaillé.

81 — Petit coffret en argent repoussé, décor de fleurs.

82 — Paire de petits flambeaux, forme colonnes à chapiteaux, en argent.

83 — Vaporisateur en argent, modèle Louis XV.

84 — Verre d'eau, composé d'une carafe en cristal gravé, avec plateau et timbale en argent repoussé.

85 — Porte-allumettes cendrier en verre, monture en argent.

86 — Deux petites tables et deux chaises miniatures en filigrane d'argent.

87 — Petite timbale en argent, à bordure, repoussé, et passe-thé en argent.

88 — Grande boite à allumettes en argent uni.

89 — Boîte à cigarettes en argent.

90 — Petite ménagère en cristal taillé, garniture en argent anglais.

91 — Sucrier et son couvercle en argent, à cannelures et entrelacs.

92 — Petite cafetière en argent uni.

93 — Tasse à café et sa soucoupe en argent repoussé, à fleurs et feuillages.

94 — Petit broc en cristal taillé; monture en argent ciselé.

95 — Deux carafons en cristal gravé ; montures à jour en argent repoussé.

96 — Broc à champagne en cristal; monture en argent ciselé et repoussé.

97 — Broc en cristal vert et bleu; monture en argent anglais.

98 — Carafon même cristal; garniture en argent anglais.

99 — Jardinière en argent, dessin à guirlandes de fleurs et quadrillés ajourés. Style Louis XVI.

100 — Grand vase en argent repoussé, décors de fleurs et de roseaux.

101 — Plateau de surtout à fond de glace; monture en argent de style Louis XVI.

102 — Service à thé en argent, modèle Louis XV, composé de : une théière, un sucrier, un pot à lait et un plateau.

103 — Petite fontaine d'applique en argent repoussé, de style Louis XV.

104 — Vase de nuit en argent, de style Louis XV, avec double fond en argent.

105 — Bourdaloue en argent ciselé et repoussé, de style Louis XV, avec double fond en argent.

106 — Paire de candélabres à neuf lumières en argent ciselé, de style Louis XV.

107 — Bidet sur quatre pieds avec double fond et couvercle en argent ciselé et repoussé, de style Louis XV.

108 — Garniture de toilette en argent ciselé et repoussé, composée de : deux cuvettes avec leur pot à eau, un porte-brosses, six flacons et quatre boîtes en cristal taillé, couvercles et bouchons en argent repoussé.

109 — Service de toilette en argent repoussé, de style Louis XV, composé de : un miroir à main huit brosses variées, une boîte à épingles, deux polissoirs, boîte à poudre et six pièces diverses : chausse-pieds, tire-boutons, etc.

110 — Miroir à coiffer à glace biseautée, cadre à chevalet en argent, de style Louis XV.

## SCUPTURES

111 — LARUE. Groupe d'enfants en terre cuite patinée.

112 — LAMBEAUX. Le Baiser. Groupe en terre cuite.

113 — Buste de femme en marbre blanc.

114 — Buste de femme Louis XVI en marbre blanc, sur socle cylindrique.

115 — Buste de Bacchante en marbre blanc, d'après CLODION, piédouche en marbre griotte.

116 — Grand buste de femme en marbre blanc : Manuela Rodrigues. Socle en damas.

## BRONZES, PENDULES

117 — Porte-flacons à odeur en bronze, de style Louis XVI.

118 — SCHORK. Petit buste de femme en bronze. Socle en marbre.

119 — LALOUETTE. Deux petites figurines en bronze : « Jean qui pleure et Jean qui rit ».

120 — Coffret en bronze doré, décoré en relief de sujets champêtres, de fleurs et de rinceaux.

121 — Coffret en bronze ciselé et doré, à figures d'amours.

122 — Groupe de bronze à figure de femme, jouant des castagnettes devant une psyché. Socle en marbre vert.

123 — Buste d'enfant rieur en bronze. Socle en velours.

124 — Lampe-trépied en marbre et bronze ciselé et doré, avec abat-jour en soie brodée.

125 — Morel (E). Coupe en bronze doré, forme feuille, avec figure de jeune femme.

126 — Vase en bronze argenté, ciselé en relief: Nymphe et Satyre, de Borgé.

127 — Bouval (M.). Pandore, statuette en bronze doré. Socle en marbre.

128 — Statuette en bronze: le Petit joueur de cymbales.

129 — Grande jardinière ovale en cuivre gravé.

130 — Brûle-parfum tripode en bronze du Japon incrusté d'or. Couvercle et socle en bois sculpté.

131 — Causse (J.). La Fée des mers. Buste de femme en bronze.

132 — Boucher. Au But ! Groupe en bronze, sur socle en marbre griotte.

133 — Paire de coupes vide-poches en cristal, sur trépied à cariatides de femmes. Style Premier Empire.

134 — Paire de coupes couvertes en cristal taillé, montées en bronze giselé et doré.

135 — Deux statuettes : Bacchant et bacchante en bronze à patine brune, sur socle cylindrique en marbre griotte.

136 — Paire de girandoles en bronze argenté à trois lumières. Style Louis XV.

137 — Paire d'appliques en bronze, de style Louis XVI, à deux lumières électriques.

138 — Lustre en bronze, de style Louis XV, à neuf lumières électriques.

139 — Pendule en bronze ciselé et doré, à figure de jeune femme semant des roses sur le cadran émaillé bleu en forme de globe céleste. Style Premier Empire.

140 — Garniture de cheminée en bronze doré, de style Louis XVI, composée de : une pendule, monture à cage à glaces biseautées, et de deux candélabres à sept lumières à draperie, têtes de béliers et corbeilles de fruits. Socle en marbre bleu turquin.

141 — Pendule en biscuit, surmontée d'une statuette de fileuse, décorée de vases et d'appliques en bronze ciselé et doré. Époque fin Louis XVI.

142 — Paire d'appliques en bronze à deux lumières. Style Louis XVI.

143 — Lampe de parquet en bronze, sur socle-guéridon-trépied en bronze et bronze doré.

144 — Plafonnier en bronze et enfilages de cristaux.

145 — Plafonnier électrique en bronze et cristal.

145 *bis* — Applique en bronze doré, forme écusson à mascarons, garnie de cinq lumières électriques.

146 — Lustre électrique en bronze patiné et doré, forme couronne, garni de neuf lumières électriques.

147 — Lustre en bronze, et bronze doré, de style Louis XVI, décoré de statuettes de petits faunes et garni de cinq lumières électriques.

148 — Lustre électrique en bronze, à enfilages et pendeloques en cristal. Style Louis XVI.

149 — Lustre en bronze et cristaux, disposé pour l'électricité.

150 — Lustre en bronze, garni de cristaux, disposé pour l'électricité.

151 — Lustre en cuivre poli à quatre lumières électriques.

## MEUBLES ET SIÈGES

152 — Miroir dans un cadre en bois sculpté doré Louis XVI.

153 — Petite glace, cadre en bois sculpté doré Louis XVI.

154 — Grand cadre de glace en bois sculpté peint gris.

155 — Support en noyer sculpté, sur quatre pieds à têtes de béliers.

156 — Petite table en noyer sculpté, sur quatre pieds à entrejambe.

157 — Meuble à étagères en noyer sculpté, de style Louis XV, garni de trois tablettes foncées de canne.

158 — Petit cabinet en bois noir, décoré de plaques en émail peint, de statuettes et d'ornements divers en bronze doré.

159 — Petite table en acajou, sur quatre pieds.

160 — Petit support en acajou sculpté, sur trois pieds.

161 — Ecran en bois sculpté doré, style Louis XVI, feuille en soie brochée.

162 — Ecran en chêne sculpté, feuille en velours frappé, fond crème, à bandes rouges.

163 — Paravent en bois sculpté doré, à trois feuilles garnies de brocart et parties en glaces. Style Louis XV.

164 — Paravent à trois feuilles, monture en bois sculpté doré, garnies partie en soie brochée, partie en glaces biseautées.

165 — Paravent à trois feuilles, garnies en soie brodée, monture en bois sculpté et doré, panneau central à glace biseautée.

166 — Table-servante à crémaillère en noyer ciré sculpté.

167 — Guéridon rond en bois sculpté doré, sur quatre pieds cannelés, dessus de marbre.

168 — Table à soda en chêne verni, avec sa cristallerie et autres pièces en métal anglais de la *Maison Mappin-Webb*.

169 — Grande glace biseautée, forme médaillon, cadre doré.

170 — Petite table, sur trois pieds, en noyer marqueté de bois de couleur.

171 — Table à jeu, forme mouchoir, en noyer, sur quatre pieds-balustres.

172 — Petite table ovale, de style Louis XVI, en bois sculpté, laqué, à dessus de marbre.

173 — Petite console d'applique en bois sculpté peint gris, à dessus de marbre. Style Louis XVI.

174 — Console d'applique en bois sculpté laqué, style Louis XVI, à dessus de marbre.

175 — Table à ouvrage en acajou et filets de citronnier, décorée d'une guirlande de roses. Travail anglais.

176 — Table en noyer sculpté, piétements à colonnettes. Style Renaissance.

177 — Table en chêne sculpté, sur quatre pieds-balustres à entrejambe, dessus de marbre.

178 — Cabinet Louis XIII en palissandre et bois noir plaqué d'écaille, décoré au centre d'une peinture à paysage, moulures guillochées, ornements de bronzes dorés; avec sa table en bois noir.

179 — Table ovale en bois sculpté doré, de style Louis XVI, à dessus de marbre.

180 — Table à étagère, forme rognon, en palissandre et marqueterie de bois de rose, ornements de bronzes dorés. Style Louis XV.

181 — Petite table Louis XVI à trois tiroirs en bois satiné, dessus de marbre, pieds à tablette d'entrejambe.

182 — Vitrine en bois sculpté laqué, de style Louis XVI, ouvrant à deux portes vitrées et grillagées.

183 — Meuble à deux corps en bois sculpté laqué, de style Louis XVI, le haut formant vitrine, le bas ouvrant à quatre tiroirs.

184 — Bureau de dame en acajou, orné de bronzes ciselés et dorés. Style Louis XVI.

185 — Table-bureau à quatre faces en marqueterie de bois, moulures et encadrements de bronzes ciselés. Style Louis XVI.

186 — Bureau à quatre faces en noyer sculpté, de style Louis XV, garni d'un tiroir central et de six tiroirs sur les côtés.

187 — Commode en bois de placage et marqueterie de bois de couleur, ornements en bronze, dessus de marbre. Style Louis XVI.

188 — Secrétaire à abattant et deux vantaux pleins en marqueterie de bois de rose.

189 — Secrétaire à abattant en bois de rose et palissandre, garni de cinq tiroirs, ornements en bronze, à dessus de marbre. Style Louis XVI.

190 — Vitrine en acajou et marqueterie de bois rose, ornée de bronzes ciselés et dorés : guirlandes de fleurs et de feuillages. Style Louis XVI, intérieur gainé de damas vert.

191 — Ameublement de chambre à coucher en chêne ciré, composé de : un lit, une armoire à glace et deux tables de nuit.

192 — Deux commodes en chêne ciré.

193 — Table en chêne ciré.

194 — Grande armoire-garde-robe à quatre portes en chêne.

195 — Armoire-garde-robe en chêne, à trois portes,

196 — Piano, forme crapaud, en bois noir, de *Pleyel*.

197 — Grande toilette en bois sculpté laqué blanc, à dessus de marbre, surmontée de trois médaillons à fond de glaces reliés par des guirlandes de fleurs.

198 — Armoire en bois sculpté laqué blanc, ouvrant à trois vantaux à glaces biseautées.

199 — Bel ameublement de salle à manger en noyer sculpté et ciré, de style Renaissance, composé de : deux buffets-dressoirs, une table et ses allonges et douze chaises garnies en cuir repoussé, parties dorées.

200 — Ameublement de chambre à coucher en bois sculpté et laqué, de style Louis XVI, composé de : grand lit de milieu, deux armoires à trois vantaux dont un à glace biseautée et deux tables de nuit.

201 — Deux tabourets en bois sculpté, laqué blanc, style Louis XVI, couverts en velours rouge frappé.

202 — Banquette en bois sculpté, de style Louis XVI, couverte en velours frappé, fond rouge.

203 — Trois chaises en chêne sculpté Régence, couvertes en velours frappé fond gris à bandes rouges.

204 — Quatre chaises en bois sculpté de style Régence garnies de canne.

205 — Banquette bois laqué, style Louis XVI, garnie de canne.

206 — Sept chaises diverses en bois laqué, garnies de canne.

207 — Tabouret de piano en bois laqué, garni en soie.

208 — Tabouret en bois sculpté et doré, de style Louis XVI, garni en soie fond rose.

209 — Deux fauteuils en bois sculpté laqué gris, style Louis XVI, garnis de canne, avec coussins en soie fond gris.

210 — Banquette et deux chaises de coin en bois sculpté et laqué, de style Louis XVI, garnies en soie brochée à guirlandes de fleurs et nœuds de rubans.

211 — Deux fauteuils et une petite banquette en bois sculpté laqué, style Louis XVI, garnis en velours ciselé sur fond rose.

212 — Grande chaise-longue, garnie en soie brochée.

213 — Grande chaise-longue en soie brochée à rayures vertes.

214 — Trois fauteuils en bois sculpté laqué, style Louis XVI, garnis en soie brochée fond crème.

215 — Fauteuil de bureau en noyer sculpté, style Louis XV, garni de canne.

216 — Deux fauteuils confortables, garnis en maroquin rouge.

217 — Deux chaises en bois sculpté doré, style Régence, garnies de canne, avec coussin en soie brodée.

218 — Deux fauteuils en bois sculpté doré, garnis de canne, avec coussins en soie brochée fond bleu.

219 — Deux bergères en bois sculpté doré, de style Louis XVI, garnies en velours ciselé à fleurs et feuillages sur fond gris.

220 — Grand canapé-divan en velours frappé fond gris à bandes rouges, avec têtière en broderie sur fond de velours rouge et deux coussins.

221 — Deux bergères à oreilles en noyer sculpté, style Louis XV, garnies en velours ciselé rouge sur fond crème.

222 — Canapé en noyer sculpté, style Louis XV, garni en velours ciselé vert, sur fond vieil or.

223 — Deux grands fauteuils en noyer, garnis en même étoffe.

224 — Canapé et deux fauteuils en bois sculpté doré, de style Louis XV, garnis en damas de soie rose.

# TENTURES

## TAPIS D'ORIENT

225 — Dessus de lit en soie blanche, avec entre-deux en dentelle et guipure.

226 — Housse de piano en soie brochée, avec galons et effilés dorés.

227 — Deux portières en soie rose.

228 — Deux portières en velours rouge quadrillé.

229 — Paire de rideaux en soie moirée verte.

230 — Paire de grands rideaux en damas de soie rouge, à effilés de soie jaune.

231 — Paire de rideaux en damas de soie rouge.

232 — Deux paires de rideaux en damas de soie rose.

233 — Ciel de lit et rideaux de lit et quatre rideaux de fenêtres en soie rose, avec bandes en satin et velours ciselé.

234 — Stores et brise-bise en soie et guipure.

235 — Lot de coussins variés. (Sera divisé.)

236 — Tapis d'Orient, fond rouge, à bordure, fond gris.

237 — Tapis d'Orient, fond jaune, partie centrale fond gros bleu.

238 — Grande carpette orientale, fond vieux rose, médaillon central, fond gris.

239 — Grande carpette de Smyrne.

240 — Grande carpette d'Orient, décors fond gris et fond rose, écoinçons gros bleu.

Long., 3 m. 75 cent. environ ; larg., 2 m. 80 cent. environ.

241 — Carpette d'Orient fond gros bleu, à médaillon polychrome et triple bordure en couleurs.

Long., 2 m. 50 cent. environ ; larg., 1 m. 35 cent. environ.

242 — Carpette orientale fond rouge, décor polychrome, bordure fond gris.

Long., 2 m. 50 cent. environ ; larg., 1 m. 35 cent. environ.

243 — Cinq tapis en moquette, fond rouge.

244 — Objets non catalogués.

www.ingramcontent.com/pod-product-compliance
Ingram Content Group UK Ltd.
Pitfield, Milton Keynes, MK11 3LW, UK
UKHW032028260826
14628UKWH00006B/2796

9 782329 365770